梨作りの名人

石井藤雄

思潮社

詩集　梨作りの名人

石井藤雄

思潮社

梨作りの名人　目次

装画＝石井あゆみ
装幀＝思潮社装幀室

梨作りの名人

梨作りの名人

何ったって労を惜しまぬことだ
梨の徒長枝は丹念に曲げてやる
切り落とした枝は燃やしてから灰にして畑に返す
葉も同様だ肥料代を少なくする
開花の時期にペットボトルを一本なし取りつける
違った品種の枝を入れ水をいれ花を咲かす
枝をさしても賃借料を拂わねばならないので蜜蜂は借りない借りなくても蜜蜂はどこからでも飛んでくるから勿体ないではないか
それで充実すぎるほど結実する
狡《ずる》いなんて言葉は馬耳東風だ

少しの空間には桃の木を植える
これもみごとにピンクの花が咲き実る
薬代はおさえるため最小限で薬を撒く
眼鏡を光らせて畑中を駆けめぐり
病害虫に心をいたす
実りの秋には梨畑に廃車を持込み
毛布をかかえて夜を明かす
野鳥や鴉は夜明けがいちばん被害を受けるので防ぐ
一〇アール七十万円の防鳥網なんてとんでもないことだ
くず梨は自家で消費する他は捨てる
唯でくれたりすると購買する人数が総対的にへるから価値に影響する高く売れない
梨組合には入っているが共選では出荷しないずぼらな奴の作った梨と同じ値段は気に喰わない
それに一箱百五十円の運賃も痛い。馬鹿にならない

庭先販売それに夜婿と娘が自家の車で
市場に持っていく個選でも名代山だ
総会の旅行は行かなくても総会費だけは
取られるので必ずいく
ひとと一緒では儲からない
自分だけ得するように信念をもって梨を作れ

梨畑の薬かけ

朝五時半に起きる。起きることもあるが起こされる。けだるい身体を心に笞うって、オープンシャツを着る。ヤッケをとおす。ズボンをはく。どた靴をはく、マスクのヒモを頭からとおし、玄関脇の水道の蛇口をホースにつなぐ。ホースの先を薬剤散布のタンクに入れ、噴口竿にビニールでしばる。水を出す薬を入れる展着剤を入れる。耕運機にガソリンを入れる。噴霧機の方のエンジンの点検する。タンクがいっぱいになると耕運機のエンジンをかける。道路に出て高速にギアを入れる。ゆるりと岩立さんの桜二分咲き、大通りに出ると緊張する。いまどき耕運機など走らせ

ている奴はいないのだ。出たら高速の高速、大町T字路こ
こを右折すると一直線なので空考えもたまにする。通いな
れた二キロの道程だ。生命《いのち》のふちにぶらさがりながら、生
家から二・五キロ昔はリヤカーで通った。三十六年の夏か
ら耕運機になったが、さつまいも小麦みつばねぎ大根など
作った。いまは梨畑になっている。風景もかわってきてい
て幾度《たび》か新鮮さを感じるが、それも車や始発バスを待って
いる人々の顔だ。一カ所だけ信号の処を左折して、市営住
宅の脇の畑だ。民家があって日中では洗濯物が汚れるの苦
情から、朝寝ぼうの私もたまたまの朝がけだ、その民家の
土地昔は自家の土地だった。親爺が倒れた時のごたごたで
処分したので、こっちから一言半句も言えないのだ。噴霧
機のエンジンをかけ薬をまく、縦にいき方向をかえてもど
ってくる。全部で十二列いつも薬があまるので二度がけ、
帰り道は自動車の数が増える。始発のバスを乗る人が待っ

ている。帰って来て自家の下の畑にも薬をまく時もあるが、顔を洗いうがいして、飯も喰わずたいがいまた眠る。

ある男

男は歩いていた。夕ぐれの街の人や自動車の行き交う道の端を。両手をぎゅうっと握りしめて、しのびよる寒さを堪えるように。身体にしみこんでくる侘しさや、怒りを耐えるが如く、北の方にむかい、もどっては南の方にむかう、ゆっくり炬燵に入ってくつろげる家庭状態ではないのだろうか。男は十数年前までは床屋の親爺さんで、整髪用のバリカンと鋏と剃刀を握っていた。長男と嫁が店を取り仕切るようになってから、保険会社に務めたり、若くして逝った次男の経営していたそば屋の手伝いをしていた。居場所の無くなった男はそれから夏は自転車で十キロ先まで駆けた。偶然出会った人が驚いていう噂話が聞こえてきた。十キロ周辺を走りまくったが冬では寒さが自転車では徹《こた》えるようだった。朝早くから日中はては日の暮れた晩方まで男は歩いていた。新築した理髪店には三つの椅子が設《しつ》らえてあり、いついってもぽつんと一つは空いている。

私はある晩理髪店の椅子に座っていた。三つある椅子のその一つの椅子は夫婦で店をやっているので、空いていることが多い。たまにパンチやパーマの人が待ち時間に座って頭に釜をかぶっていることがあるけれど。ある時子供について話題にした。まあこの頃思うんだけど、子供の似ている奴といないのが居る。けれどあまり俺に似てないね。ただね、たったひとりだけ俺と食べ物の好みが似たのがいてね、晩酌の時俺が小用や用足しに座をたった時、さっとつまんで食べて知らん顔してたんだってさ、俺は気づかなかったんだけど酒のおかずをじいっと見ていたそうですよ。

最近になって女房に言われるまで気附かなかったことだけどねと笑い話した。主人は、えっ、そりゃあ新兵衛さん先いってかたきとられんよ。食い物のうらみはこわいていうからね。そう言って笑顔を急に変え、うちの親爺もそうだったんだ自分ばかりうまいものを喰って、酒くらって、俺らには喰わせなかったんだ。私はどきりとして憤おって話す主人の言葉を反芻した。父親への待遇はそのせいではないんだろうなあ。

鬼籍

三十九才母千代
四十九才二俣に嫁いだ叔母みち
五十四才母の異母妹なお
六十一才姉和子
いずれも胃ガンで逝去した
怖いなあ　ガンにおびえる
母の妹とみ九十才天寿全う
憎まれ子世に憚る
やっぱり強情っ張りか
でも生きたもん勝ちよ

村よ

遠ざかってゆく村よ
意識の底を遠ざかってゆく村よ
過ぎさりし歳月の時間の重さよ
取り返しのつかない無念さよ
取り返しのつかない時の中での葛藤で
戸主になれなかった父よ
村の共有地の地権も
当然だが得られなかった父よ
得られなかったのに家長の座
やもめの身で義兄弟の

世話をやいた父よ
今はその共有地にねむる父よ
春夏秋冬墓参りする
私にも引きつげなかった地権よ
村人の参集した中でくばられた地権者の確認書、哄う男二人
むらは遠ざかる
拒否して近づけない村はとおざかる
厳然として存在しながら遠ざかっていく

雨によせて

朝おきて雨が降っていると、父が布をひっぱり傘の骨の先端に針でとおししばりつけていた。晴天の日自転車通学だった。しかし雨の日は徒歩四キロの道程の通学だった。はげしい雨と冷気、傘の布はどっぷり水をふくんで、そこから水滴がしたたった。帰り真間川ぞいを歩いて大通りに出ると、宮久保坂下のバス停留所で数人バスを待っている。私はバスに乗る金を持っていない。彼らの所を通ると笑顔が洪笑に見えた。学業もむらの学校では一位でいても進学校の私立学校では、とてもかなわなかった。参考書もむろん買えない。高校の併設の学校だったが、家の都合で進学出来なかったが、そんなこんなで未練はなかった。四十年前の思い出である。

雨の日

左に行くと至る中山、右は至る本八幡の分岐点。バス停があり、その前にむらで唯一の郵便局があり、そのとなりは酒店だった。道路は馬の背の部分を走っていて、酒店から右に坂がくだっていて、村内を通り隣村に通じていた。道は拓くとき削り取ったのか、切り通しになっていて、酒店は土止めがわりに酒の瓶を積んであった。雨の日瓶の中に雨靴が必ず入っていた。勤めにいく娘達がそこで靴にはきかえバスに乗ったからである。不思議と雨靴が無くなったという話はきかなかった。昭和三十五年から四十五年頃、まだ山林が切り拓かれたり、水田がうめられ、畑に住宅が建たない頃の話である。五十四年に武蔵野線開通、谷戸田に市川大野駅が出来、道路もいたるところ舗装され、もはや時の流れの壁の中に織り込まれていった出来事だが。

手形

手形は信頼を得て切れる物だが
相手に損害を与えると
から手形と言って紛争のもとになり
はては訴訟問題まで発展する
父よあなたは相手に利益を与えていたのに
何の恩典も受けなかったのは何故だろう
手形なんだから切るのが当り前
何ひとつ見返りもなく
忌嫌られたのは何故だろう
そしてそれでも切りつづけなければ

ならなかったのは何故だろう
相手に利益を与えつづける手形こそ
カラ手形ではないだろうか
父よあなたは
そんな手形を切りつづけた

空ぶり

空ぶりするといたく疲労する
夢や希望のボールは
飛んでいかないので
肉体だけでなく精神の落胆も重なるのだ
それでもひとはひっきりなしに
問いのボールを投げかけてくるので
振りつづけなければならない
難題やうっとうしいことや
私の思惑とは段違いの判断力
価値観の違うボール

ばかりなのでカラ振りなのだ
けれどボールは絶えまなく
飛んでくるので
ふらなければならないのだ　そして
カラ振りをつづけなければならないのだ

梃子でも

梃子でもうごかないということばがある
梃子でも動かないとは
物体であり
人の心でもある
そしてまたすでにすぎ去った時であり
成立した物事である
梃子でも動かないことは哀しい
クレーン車やジャッキーで軽々移動するではないか
だからその哀しみを梃子でも動かしたい
父の養子その子の私

戸主相続旧民法共有地地権
残された未解決の土地
そのために嫌々私はひきづられている
梃子でもうごかないというが
僅かでいいから動かしたい

肩痛む

盆に使う真菰を刈りにいった時、妻が休耕田で見つけている間、高校の裏の道を車を走らせる。田ん圃を埋めて梨畑にした処がある。何だこいつ此処にも作っているのか、と思ったら路肩から車輪を落としてしまった。何で走らせてるの、妻を呼ぶとぶつぶつ言われる。慌てていきなり荷台の後を力を入れてあげたら、肩に異常を感じた。ガソリンスタンド脇の信号まで来たら、首がまわらなくなった。医者にいけの言葉も口惜しく、余所見してんからだの言葉にも腹がたつ。隣りの畑の持主は家族中で手癖が悪いのだ。家の前をトラクターでコンテナをいっぱい積んだトレーラーを引いていくと、それだけで緊張する。鳥おどしの花火などあげにいったり、雑草を取ったりして、帰って行くまで警戒する。いっぱいある人ほど欲が深く、見ると欲しくなるのよ。あいつあそこにも畑あったんかのことばの、妻の返事、泥棒してふくらませて土地買ったんでしょうよ。トクホンはったりしていじをはり一夏すごした。それ以来力仕事を強くすると肩と腰がいたくなる。医者に行こういってもいまはいく暇がない。貴乃花休場を新聞で視て背筋の肉ばなれと納得したが、もう一年以上たっている。準備体操して持ちあげる意思確認してやれば良かった。あいつが不思議そうに見ていて焦ったからなど悔やまれる。愚痴ってもはじまらない。それでも昨年は良かった。肩と腕を三女に殴られて、刈り込み仕事一日椎の木木犀黄楊伽羅木要とやったら、手が上がらなくなった。トクホンを肩いっぱい貼り一日おきにかえて、無事年を越したい。

神からの贈物

メコン川神からの贈物のテレビを視た
メコン川流域に住む男
ひとときのまつりがあるという
半裸の男は出稼ぎ先から帰り
一匹二百キロもある大なまずを獲ろうとする
なまずは一年の家計に足る収入になるという
男は一山あてたいと思っていた
幼い我が子を馴しながら　舟をあやつり
漁にはげむ　が失敗に終わる
男の友人がやってくる　出稼ぎに連れて行ってくれという

男は駄目だという　農業ではやっていけないという友人に
がんばれよと言う
好きこのんで出稼ぎしているんではないのだ
家族と離れてくらすのはさびしい
そんな思いは私だけでたくさんだ
男は友人の言葉をこう説明した
濁ってるが水量豊かなメコン川、行きかうカヌー
一見のどかにみえる生活様式の中に
日本に似た光景を見た

奇妙な男

平成五年の暮の二十四日姉は胃ガンの手術を、埼玉ガンセンターで行った。あくる年迎春おすこやかに新春をお迎えのことと思います。本年もよろしくお願いします。との亭主の賀状に私は腹を立て返事を出さなかった。俺がのんびりこつこつと暮らしてんとでも思ってるのか。その事を気にしていると後で聞いた。平成五年十一月十六日亭主から電話があったという。電話すると息子が出てちっと後からしますと電話を切り、外からたぶん公衆電話だろう、胃ガンで手遅れ状態だとのかかりつけの開業医の説明を涙声で告げるを聞かされた。それから一カ月も入院は待たされたのだ。ガンと告げられ、志を医者は受取らないとの話。それから抗ガン剤投与で命を保ってきたが、平成八年四月に骨に転移したと医者に告げられる。五月十三日一カ月も痛みに耐え入院、それから命を保っているが、点滴とモルヒネの鎮痛剤づけ。かつて一度も私の仕事を気にかけなかった男。梨の出来具合やくらしをひとこともことばにしなかった男。たまに出来悪くはねだし多く落胆してる時、そのはねだしを大喜びで八百屋やんなくちゃなどと言い、収入に影響するだろうなど言わず持っていった男。酒を呑ませればきりのない男。何でも欲しいものは月賦で買ってしまう男。車を飲酒運転でぶつけ胸の骨を折り入院した金策は一切せず、免許を取り上げられ取り直したり、取ったづかいの人生を送ってきた男。入院手続きやら金の工面も病人にまかせ平然としている男。妹の子を息子にしその悴が脳波をとらねばならないほどに教師に叩かれても、どうしてですかと学校に問い質しに行かない男。私の息子の野球のユニホーム姿の写真を息子に持って来られ、姉に見ると言われたら、手をふって拒否した男。仕事疲れてやりきれないんですよと電話口で言った男。新しい家に引っ越した時、他の親戚同様手伝いに来、ろくに手伝いもせず、自分の父親と一緒に新しい風呂に一番先入浴した男。その男がちょこちょこ電話をかけてくる。痛いって見ていらないんですよね。そのたびに一時間半かけ電車を乗りつぎ病院にいく。痛くて我慢出来ないんだって。いや薬をふやしたから、姉は言葉は元気がいいが、身体はうごかすと痛い。どんどん終焉に近づいていく。もう動けないんだって、まったく自家の人間をあづかって面倒みているみたいな口調と態度なんだから、気にいらないよね、やんなるよと妻。もう少しだよの言葉を私は押しとどめた。しかしほんとうに姉の亭主の頭の中、どうなってんだろうなあ。

百姓の顔

紅白歌合戦を見ていたら
日本の隅々まで
うたの心はしみ渡ります
古館伊知郎のナレーションで
一九九六年歌い納めは
この人北島三郎さん風雪流れ旅
よされよされと雪がふる
紙吹雪の中で北島三郎がうたう
その姿を視ていたら気附いた
スターの座を取り歌手の名をとる

と紋付き袴の
農家の爺さまがうたっている
首筋の皺丸くなった肩
皺の刻まれた額土気色の顔
短い髪の毛
うつむき加減にマイクを持って
熱唱する北島三郎
正に瑞穂の国の爺っちゃんの姿
北国百姓の顔だ
留萌函館稚内

成行

Uさんも I君も俺が会をやめたら
困るだろうと自惚れてたんだかんな
こっちはどうにも何んないのによ
と文学会の友人が言った
その場はああそうかとふくみ笑いをしたが
家に帰って愕然とする
俺が生家を出て今住んでいるこの地に
転居した時もそんな安易な思いがあった
足をひっぱる親族にこうしたらどうだよ
と大見栄切ったつもりだったが

それが転居したら借家人を入れ
脳軟化のばあさんが死去したら
その家賃を葬儀代の足しにして
まもなく旧民法で相続してあったが
祖父の名義だったものをさっさと変え
しずまるのを待って生家を壊した
その夜は宴で歌いまくったという
親戚義叔父の知人
やつらやっぱり大人だったんだなあと
俺は頭をたれるばかり

生家崩壊

皆んないったんだって
ゴンベやゼンゼムまで
キシロもゲンタロも
キシロやゲンタロは義兄弟の付き合い
ゴンベは息子が大工の弟子だかんな
おごったりして機嫌とってたかんな
友達も行ったか
むら親戚で行かないのはキゼエムとイチゼエム
生家の打ち壊しの事を妻が言う
そういえば偶然会った青年団の頃から

親しい付き合いをしていた大塚の顔も
何となく煤ぼけていたっけ
分家なのに自家の事はもとよりむら内でも
旦那旦那と呼称され権力のあった
シンシチの旦那の一声で
逆《さか》らえない人もあったろう
しばらくして
キゼイムのかあちゃんアヤコさんに会った時
悪くって気づまりだったんだってと妻が言う
(アヤコさんとは義叔父の妻のこと)
私はかっとして行きたけりゃあ行けばよかったんじゃあねえか
わたしもそう言ったけどね
もっとも行きたくても行けないかもね
キザエモンは私の本当の祖母の実家で
親爺は転居に賛成いやすすめた張本人だ

イチザエモンの爺様は両方に良い事言ってたらしいが
兎も角筋を通したということだろう
私との和解無しに生家を壊すとは
それからだ　むらびとを色分けし
義叔父とも断絶となったのは

たれている

たれている
こうべをたれている
稔ほどこうべをたれる稲穂かな
なんて優雅な話ではないのだ
たれている
ばあさんがしたの家の旦那のところに
駆付けて主だった村親戚が集まった席
理不尽な要求も一言半句もせず呑みこんで
(理不尽な要求でない。人間として筋を通していないだけだが)
ほっくびをたれている

次から次へと問題を持ちこんでくる
義兄弟にも反駁出来ず
首をたれて解決や面倒みてやり
畑の帰りリヤカーを引きながら
首をたれている
息子を先生の勧めで私立中学校に入れ
白いカバンが欲しいと息子に言われ
釜屋で首をたれている
父よ理不尽や難題を我慢して
呑みこんで耐えていたから
物事を割りきることが出来ず
頑なに自分の城を守ろうとしたから
かえって身体を痛め
身をつめることになり
早死にすることになったのではないだろうか

それにしても私は憤る
三十六才で妻に先だたれた
鰥夫の男にぶらさがり
甘えつづけた親族一統
ほっくびをたれていた父よ
一体何という人生だったんだ

大黒柱——H氏に

大黒柱は哀しい
四六時中すべてのものを
背に負いながら耐えつづけねばならない
その重みは宇宙に匹敵する
いつも中心にいるから注目されるが
それだけまた緊張せねばならない
目くばりせねばならない
哀しみに哀しみを重ね
嘆きに嘆きを重ね
けむったい空気を受け入れ

素っ気ない視線を浴びつづけ
はりつめた激情に激情を重ね
誰にも感謝されず
喜ばれもせず同情もされず
当たり前の態度で接せられ待遇される
頭にきても怒りもせず
不平不満も言えず
不安や心配で心が盈《み》ちても
動揺できず泰然自若と
構えて居らねばならない
大黒柱は哀しい
黒光りしているなんて
それは苦労光りの視間違いだ

梯子

次から次へと場所を変えて
呑むのを梯子酒と軽蔑語に使っているが
私が無ければ高い処に登って
仕事する大工や鳶職
それに瓦屋植木職左官職板金屋…など
みんな商売あがったりだ
もっとも近頃はクレーンでひょいと
登ったりバケットで仕事している電気工や
植木職だって道に車を止めて
触手を伸ばして仕事をしている奴もいっぱいいいるし

木製からアルミの金属性に梯子も変って
世の中変ったけれど
語は昔造られたんだ
散散重宝したんだ
悪い事ばかり考えずに
もっと他人《ひと》の身になって
考えること大切だと思うよ

便所の踏板まで

祖母もとが事あるごとに
ホレベンジョの踏板まで
イシガだかんなと私を窘《たしな》めた
あれは父への当て付けだったのだろうか
祖父が死んで家督は母の異母弟の
自分の息子に相続させてあったのに
幼い娘と息子を残され家に止まっている
父への嫌がらせだったのだろうか
父は肥樽《こえた》んごを自家の下の
田ん圃の端のシンヤの池と呼ばれていた

水場に洗いにいった
帰り道あがると台地の共同墓地を見上げ
オッカーあそこに眠ってんだぞ
幼い私に必ず言った
その頃から夜になると表にある
便所もひとりで行けず
墓地の端もさみしくて
ひとりで通れなくなった

さみしさこわさ

夜の墓地より神社のほうが
ずっと寂《さみ》しいと言ったひとがいる
墓地は死んだ人間がいっぱいで賑やかだが
神社は何者かが潜んでいる
かも知れないのだからという
けれどそれはさみしいというより
おそろしいと言うほうが正しい言い方だろう
さみしいも恐ろしいも
取りよう場合によっては同義語になる
大分前の事だが友人に言ったことがある

夜の墓地が怖いのは　さみしいのは
生きていることに執着心があるからだろう
その心がむなしくあるいは未練を残して
死んでいった魂の群にむかうとき
生きている事のある種のうしろめたさ
死者の嫉妬のまなざしを
身体いっぱいに感じるから
ぞくぞくしてくるのだろう
さみしいのは生きていたいの証拠でないのか
友人は驚いたという
私の拙い論理にたまげたという
わたしはちっとも墓地は怖くないの
と言った女《ひと》は若くして逝った

無題

迎米の夕ヘジさんがある日やってきて
成田闘争の士小川嘉吉さんの
家にいかないかという
私は尻馬にのって行くと答えた
夕ヘジさんは私と同じ石井姓だが
私と同じように唯我独尊の生き方をしていて
むら内でも孤立した存在になっていた
五十枚ほどの原稿を読んでみてくれという
どうしたんですかと聞くと
日本有数の評論雑誌に送った原稿だという

原稿は減反政策補助金事業政策の批判
又相続にまつわる話もあった
学者先生の論法をなで切りにしてあり
送ってもなしのつぶてだったのもいたしかたない
成田に行った日は夏の暑い盛りだった
空港の見えるレストランで食事した
絶えまなく飛行機は上がったり降りたりしていた
道を間違えた幹線道路には警察の車があり
武装した警官がたむろしていた
タヘジさんはそれを見せたいらしかった
あの向こうのほうにも何時も居るんだよ
と丘の林を指さして言った
さつまいも畑の中を通って
天神峯の小川宅に着いた
さつまいももマルチ栽培で黒いビニールが

根元を覆っていた
搾取ですよねと夕ヘジさんは言った
座敷にあがりこんで説明を聞いたが
おめらにいい物見せようかといい
小川さんは何やら書類を取り出した
裁判記録のようだ
本当の処よく分からなかった
台所の前では家族の人達が大根を洗っていたが
私達をうとんじているようだった
小川さんは何の本音も言わないので
やじ馬の私もいらついた
秋になってさつまいも持って夕ヘジさんはやってきた
ああ石井さん梨送ったんでしょう
私が貰っちゃあ悪いですよ
いいよいいよ喰いきんないから

ところで原稿どうだった　駄目かねー
ああ　あれねテーマがいくつにも分かれているでしょう
三つぐらいに分けて焦点をしぼって書いた
ほうが良かったんじゃあないですか
ぜひそうして書いて下さいと言うより仕方なかった
タヘジさんは百姓東大に集まるの会にも出席していて
ウスイサンやヤマシタサンに会えたと喜び
興味を持っていたし評論も何とかしてやろうと
私の所属する会の本をあげようとした
私は本本と叫ぶ
とうるさい自分の本だ自分で探せと三女のかりん
やっと見つけ軽トラックを走らせる
タヘジさんの家には行った事が無いので
勘だけで行ったので手間どったが
用をたして帰るとテーブルの上に

蒸したさつまいもが置いてある
そのさつまいもどうしたんだ
さっき来た人が持ってきたものだけど
何だとお前どうしてあの人が
持ってきたのか分かっているのか
かりんは黙っている
いくら我子だからってそりゃあないよなあー
さつまいも大好物だってそりゃあないよなあー
私はそしらぬふりの三女を睨みつけていた

小川嘉吉さんはその年の暮れに白旗をあげた

無着さん

知人に誘われて成田空港の方に行った時
訪問先からの帰り
知人が無着成恭さんが近くにいるよというので
多古町のお寺を訪ねる
和尚は居ませんよと奥さん
上がり込んで賽銭箱に五円玉を入れ（知人は千円札をいれたようだ）
お茶を振る舞われて話し込む
無着はもともと寺の生まれなんですよ
山形の生家のほうは従兄弟《いとこ》が継いだので帰れません
空いた寺があるというので此処にやって来たのです

綴方教室のやまびこ学校の話になり
佐藤さん（藤三郎）より木村迪夫のほうがいい仕事してますよ
というと木村みちお知らないわね
成田の高田としおさん
知りません
大栄の高柳さんは良く来ますよ
ああ元町長さんでしょう史上最年少の
今何やってんでしょうね
帰る時多古町の町議やお偉ら方がやって来た
寺のパンフレットを貰い
表に出ると庭に古米がほしてある
石碑など見て寺をあとにする
後で知ったことだが木村氏は
やまびこ学校には関係なく
級長の佐藤藤三郎さんとは農業高校で一緒だったのだと農文の南雲先輩

に一喝された
しばらくして市川の真間山に
講師として無着成恭さんが来ると
真間山のちらしが新聞に挟まって来た

静も気違い

従妹の妻が自死したのに責任を感じて
かれらを甘やかしたのかなあ
何時も威張っている松戸市紙敷の従兄
好い加減な仕事しかしない大工の従弟
平成七年十月江戸川区篠崎町に住む
従姉の静の四十才近い息子の結婚式五万円つつむ
平成八年六月孫娘誕生三メノの牡丹餅を
持ってきたのでツケギにポチ袋で五千円
それから旬日大安の日に三万円の祝金
それでいいと思っていたら赤飯持って来て五千円

四十才近い息子のやっと嫁が来て孫が出来て舞いあがってんだ
お茶一杯といい俗に孫抱きというのだという
お祝いの集まりを市川グランドホテルで三万円
振る舞われる自棄糞今日は赤ちゃんうたう
それを喜んでると思う目出たい徒輩
十月五日法事でシンボツコメの従姉と
靴下を引出物に出し三万六千五百円の負担金
卒塔婆代三千円包み金渋って二万円
御馳走になり土産も貰ったけれど何とも遣り切れない
呑み喰いは腹に入れて仕舞えばお終りだ
静だけは真面目だと思っていたがなあ
あの女《あま》も気違げえだ自分の家《うち》中心に世の中廻っていると思っていやがる
以前までは地味だったが自分達の代になり
家賃それにマンション二棟小松菜中心の軟弱野菜や
暮れには注連縄作りで確かに働きも良く

息子二人も成人金の掛かる者が居ず景気良い
従兄の娘の結婚式に色留め袖の色彩
息子の結婚式でも留め袖を新調したと言い
法事で草色の着物嬉しそうに着ていたな
これら作法上は礼を欠くとの事
みんな金有り振りぶっての所業
九年二月お雛様で市松人形分担金二万一千円
又呼ぶのかなあと言ったらおお呼ぶっていっていたよとシンボツコメの
従姉の当り前の風情
これも頭おかしいと以前から思っていたが
菊は新宅身上だから付き合い少ないんだよなあ
節句で呼ばれたら又三万円がとこ包まねばならない
それに男の子でも生まれたら又だな
静のところに参勤交代だな
静は真面目だと思っていたが矢っ張り気違げえだ

兄弟揃ってみんな狂ってるよなあ

叔母の死

父方の従姉の息子の子供の初節句祝で
息子の弟におじさんおじさんとビールを
注がれるままに痛飲した夜
目覚めると久しぶりの飲酒か小用足して眠れない
誰れか私の枕元に居る様な気配に
体がぞくぞくして寒気がした
ふりかえっても誰れも居る筈もなく
灯の点いた居間では家族みんな眠っている
この寂しさは昨年秋心臓病で倒れた
初節句に娘を寄こし風邪気味という従兄の事を思った

朝電話が掛からねばいいが
その日の夕べ郵便局へ郵便物を持ってゆき
郵送して帰ると電話が鳴る
数え九十才になる母方の叔母が危篤とのこと
間もなく逝去の知らせが入る
ほぼ十年近く沙汰無しの家に
体調が悪いので妻を車に同乗させ行く
叔父が亡くなった時もどうでもいいという態度の従兄は
（二カ月だけの兄だが）
今度も相変わらずの体だった
私を嫌がっていた叔母だったが
矢っ張り自分の父母や兄弟が眠る
自家に来るしかなかったのだろうか
やって来たんだねえ　妻の言葉に
ああ生まれた土地は他人のものに成っているし

何はともあれ俺が爺さん婆さんの
位牌守っているんだからなあ

棕櫚

一昨年棕櫚の木を切った
隣の家の側《そば》に立ち屋根まで高く大変手古摺った
去年は大した事は無かったが二本切った
棕櫚を載せたからでは無いだろうが
バックミラーがブロック塀に当たり吹っ飛んだ
一軒は二度もゴミ運びした
それだけ棕櫚は重量があるということだ
今年数え九十才になる叔母が死んだ
私を嫌っているようだった
自分の息子をさん付けで呼び

同じ年の私は呼び捨てだった
そんな訳だから私も嫌って背いていた
叔母の通夜の時和尚が法話をした
その木は真っ直ぐ伸び葉は少ないが強く堅い
頑強に信念を持って生きた叔母の戒名に相応しいと言った
何の木か確かに聞かなかったので心に引懸っていた
あくる日の告別式の時
火葬場から帰って精進おとしをして帰る時
戒名を見たら驚くなかれ
私を手古摺らせた棕櫚の頭の字棕が記されていた
叔母も父や私を自家の事や何にかで手古摺らせたくちだ
私はその偶然さに驚きを増した

従妹

九十才で死んだ叔母は
私には厄介な存在だった
父が死んで葬儀の時呑んだくれた静岡の義叔父が
叔母の止めるのを振り切って財産の事で兎や角いっていた
叔母は面白い人だねと笑っていた
実の姉の子である私を疎んじ
異母弟を支持していた
葬式の時ああこんな綺麗なひと居たんじゃ
妙典にも通うんだったなと言った
事実母の異母の妹の愛子叔母が

近所に住んでる従妹を連れて梨の交配に来た時初めて会い
あっ、こんな好い女だったのと驚いた思い出がある
色白でふくよかな頰が魅力的だった
私も二度の結婚をし従妹も年若くして既に人妻になっていたのだが
あれから二十数年たったが少しふくよかさは無くなったが
矢っ張り視るとその想いは変らない
いっそこっちを選んでいれば
叔父や叔母達に発言力のある叔母だから
生家を出ることもなく犠牲者も出さず
悲劇は起こらなかったかも知れない
もっとも私は妙典にはほとんど行った記憶がないし
従妹の末子を見たのは自家に来た時が初めてだから
もっと早く会い末子が妻になることを
承知しての話だけれど

末子

末っ子にしたかったから末子と名附けた　と聞く
けれど後から娘が出来て光枝と名付けられ
末っ子でないが末子となった
私は末子の子供時代を知らない
母の妹が嫁いでいながら妙典とは疎遠だった
だから末子の中学生時代も知らない
娘になった時も知らない
言わば彼女の一番美しい年頃を知らない訳だが
昭和二十二年生まれというから二十二才頃結婚していた
末子を初めて視た綺麗だった

ふくよかな頬が素敵だった
それから又幼い母になった末子を知らない
だんだんたくましく母親になっていった末子を知らない
今年叔母が死んで四十九才の末子を見た
若い頃に適《かな》わないが私も年を取っているからやはり良い
それにしても十年前叔父が亡くなった時の
末子の印象がない
お互いに子育てが大変だったか私より大きな息子が居るけれどその頃は
もっと良かったろうな
串崎のケーヨーホームの近くに住むという
ケーヨーホームならたまに行く所だと言ったら
来ればいいじゃあないと言った
本当に行ってもいいのかな
行って末子を抱いちゃおかな　いや抱きたい

断章

清らかなものは
限りなくきよく
汚れたるもの
とめどなく汚れたる

降雪余話

枝が折れるために
網を張ったのではない
網を張ったのは鳥に実を横取り
されないために張ったのである
横九メートル長さ三十六メートルの防鳥網の
端と端をビニール紐を通し
畑の縦に幾本か通した針金の上に
防鳥網を拡げていったのである
都合三枚張り少し足りない部分が出来た
粗末な鳥除けだがそれでどうにか役立った

それを収穫後はもとにもどして剝がし
束ねて置かねばならなかったのだ
一月八日の雪降りも気にかけず
十四日の剪定講習会で
新兵士さん大町畑行ってみたか網はずさなかっただんべえ
雪で梨の木やられちゃってんぞ
始末すんのに半月ぐれえかかんぞ
笑い声で言われて驚いてももう遅い
他家の梨畑は一面の雪化粧なのに
自家の畑は土の色
降った雪が網目をくぐれず網の上にたまり垂れさがり
重みで徒長枝は曲り平板になり
枝はたれ幹から折れたりひびが入っている
それも雪が降って数日後他人に言われて気附く頓馬ぶり
雪ははたき落す間もなく十五日又ふる

融けだしてもすぐ凍る真冬だ
もうどうにもならない網を切り刻んで網を取る
網はちょっと枝にひっかかるとはがれない
平常にはずす場合の十倍も時間がかかり網は形無し
樹の損傷もひどく今後の見通しも頼りない
何とも迂闊怠け者の大きな代償

棕櫚の木を切ると

棕櫚の木を切ると碌なことは無い。狭い路地のような庭に立っていた棕櫚の木は二階の屋根に届くほどで、妻の助けを借りて、何回かに短かく切り落とした。それも棕櫚の皮の繊維は鋸の歯がたたないから、皮を剝がしてから切らねばならない。実際時間は二時間余りで終えたが、その作業の緊張感は相当なものなのだろう。翌日半日寝込みそしてまた疲れはて一日寝こんでしまった。それから別の短い棕櫚の木を切った時は、棕櫚の木の重みで軽自動車が蛇行し（地面も緩んでいたが）バックした時、バックミラーをブロック塀にぶつけて破損　庭の広い場所での作業は楽勝だったが、やはり家に搬送するのに葉先で先が見えなかったり、荷台の上で斜たむいたりで手古摺った。

そして四本目そんなに高い木では無かったが、フェンス網や家の下見に当ててはと三段に切り、その緊張の解放感からか隣家に出ている柿の木の枝を切って、ほいほい降りてきておしゃべりしていて、片手で枝をつかんだら、枝が幹からすっぽりぬけ私の身体は落下した。柿の木は脆いということをすっかり忘れてしまっていたのだ。それで一カ月以上も遊んだ。見積りだよ見積り、当社はそんなことはやらないよ。と前の事で同業の知人に笑われたので、棕櫚の木は半日分ですよ、の諒解も取ってあったのだから、終ったらその場を片附けて、帰ればよかったのだ。それが早く終ったので隣の家に出ている柿の枝を切ってくれと頼まれたのだ。人のよい私はなんと甘いことか。

ナシキノコ

何という名の茸だ。梨畑の下に或る年いっぱい生え、野菜と煮込んでも、味噌汁にしても美味しかった。シメジのような平茸のような正しい名は分からずじまい。三、四年出てから次第にでなくなった。いま思い返すと溝をほり厩肥や配合肥料化成など金肥も入れ、特に樹肥堆肥のバークも入れた。そして土をかぶせ蓋をした。秋になり雨がふりつづくと茸は出た。それも肥料溝のあたりが一番多く出たような気がする。樹肥堆肥が菌を運んで来たのか。それならば肥料溝を掘らなくなって久しい。バークも施こすが撒いてトラクターが耕い込んでしまうから、かき散らしてしまうからか、それともその時のバークはたまたま菌が存在したのか。あるいは厩肥の線も考えられる。厩肥で茸を出していた人もいた。厩肥は今は腐食してから使っている。はたまたその頃は長十郎の古木もいっぱいあって健在だった。幸水や豊水に改植して木が若がえったり、品種の変わりも影響あるのだろうか。俗にナシ茸と呼ばれていたから。でも本当のところはわからない。けれどもあの茸をもう一度喰いたいなあー。

あとがき

今回の作品集はほぼ十年前に農民文学誌に一括して発表した作品の中から、小鳥達をうたった作品を中心に、十篇ほど割愛して成立ったものである。時が経っているので心情的にそぐわないものがあったが、当時の心境を大切にしてそのまま掲載した。

そしてこの作品集は昭和三十七年にガリ版刷の第一詩集から丁度十冊目の作品集になる。十冊の本で五十年が経ってしまった。その間子供のスポーツに付き合ったりというより熱をあげ、むら役やPTAなど随分無駄な時間を費やした。勿体ない無意味だった、とそれもついちっと前の時間に気付いた事なのだが、悔いても過ぎた時間は戻らない。

最近知友の本の中で「じたばたして生きる」という言葉に出会った。良いフレーズだと思った。齢を重ねたせいか一層重く感じる。

じたばたしても生きる。そして書き続ける。いつになっても難題は顔を出し難局は氷結した儘だ。

七年ほど前に思潮社社主の小田久郎氏とお会いした。随分久しぶりの出会いで懐かしかった。「文芸首都」に始まり「現代詩手帖」、投稿発表していた頃が熱く思い出され感激した。小田氏はその頃の象徴だった。

そんな流れから、めぐりめぐって、多忙な小田康之氏に大変御無理なお骨折りを戴いた。感謝とお禮を申しあげます。又編集でお力添えを戴いた嶋﨑治子さんにもお禮申しあげます。こうして二、三冊目につながって十冊目の区切りは思潮社刊となった。

石井藤雄　略歴

一九三九年千葉県市川市大野町に生れる。
農業兼植木職人をなりわいとする。
一九六二年　詩集　灯　私家版
一九六四年　麦のうた　思潮社
一九六八年　野の声　思潮社
一九七〇年　野のうた　崙書房
一九七一年　鳥獣虫魚譜　八坂書房
一九七四年　野の季節のうた　たいまつ社
一九七七年　雑草のうた　ワニプロダクション
一九九七年　野菜譜　土曜美術社出版販売
二〇〇一年　公害（改訂版）　土曜美術社出版販売
「公害」初出は一九九六年「農民文学」夏季号掲載の作品集。
これにより一九九七年第四十回農民文学賞受賞。
所属　日本農民文学会　日本現代詩人会　日本文藝家協会
　　千葉県詩人クラブ　市川風の会　各会員
詩誌　「花」「日本未来派」同人

梨作《なしづく》りの名人《めいじん》

著者
石井《いしい》藤雄《ふじお》

発行者
小田久郎

発行所
株式会社 思潮社
〒一六二―〇八四二 東京都新宿区市谷砂土原町三―十五
電話 〇三（三二六七）八一五三（営業）・八一四一（編集）
ＦＡＸ 〇三（三二六七）八一四二

印刷所
株式会社 Sun Fuerza

製本所
誠製本株式会社

発行日
二〇〇九年七月十日